BIBLIOTHÈQUE ORIENTALE ELZÉVIRIENNE

LIII

LES ORIGINES

DE

LA POÉSIE PERSANE

LE PUY. — IMPRIMERIE MARCHESSOU FILS

LES ORIGINES DE LA POÉSIE PERSANE

PAR

M. J. DARMESTETER

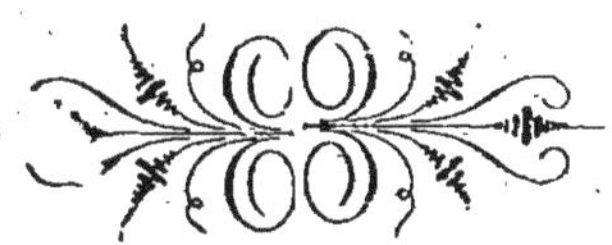

PARIS
ERNEST LEROUX, ÉDITEUR
28, RUE BONAPARTE, 28

1887

LES ORIGINES
DE
LA POÉSIE PERSANE[1]

I

Un jour le roi Behram Gor, d'historique et légendaire mémoire, était aux pieds de sa maîtresse, la belle Dil Aram. Il lui disait son amour, elle lui répondait le sien. Comme les deux cœurs battaient d'accord, les paroles battaient de même et retombèrent sur le même son, comme un écho. C'est ainsi que naquit en Perse la poésie, et le rythme, et la rime.

1. Les pages qui suivent ont paru d'abord dans le *Journal des Débats* d'avril 1886.

II

La légende est gracieuse, mais en retard. Au moment où soupirait le roi Behram, la Perse ancienne touchait à sa fin : elle avait derrière elle dix siècles de littérature et la poésie n'avait pas attendu pour s'éveiller le caprice d'un cœur de roi. Sept siècles avant Behram Gor et Dil Aram, les compagnons d'Alexandre avaient entendu les poètes de Suse chanter les amours de Zariarès et d'Odatis, qui se virent et s'aimèrent en rêve, le seul amour qui n'ait point de déception[1]. Plus tard, les chants de la Perse païenne avaient plus d'une fois, à la veille des batailles, scandalisé les chrétiens, à l'heure où le Christ et Ormuzd s'entre-égorgeaient

1. Charis de Mitylène. — Firdousi (épisode de Gouchtasp.

sur le plateau d'Arménie. Mais toute cette vieille poésie est perdue pour nous : il ne nous en reste qu'un débri sans grand charme, les fameuses Gâthas du *Zend Avesta,* sermons rythmés d'une morale irréprochable et qui offrent tout l'intérêt poétique d'un catéchisme.

Au milieu du VIIe siècle de notre ère, trois batailles livrèrent la Perse aux Arabes, comme jadis à Alexandre. La littérature nationale sombra avec l'indépendance; la langue du Coran chassa le *pehlvi* de la littérature, de la religion, de l'administration, et la muse persane chanta en arabe.

La tradition nationale se réveilla bien vite. Au bout d'un siècle, l'empire arabe voyait déjà commencer l'irréparable décadence. Le rêve des *Mille et Une Nuits* n'avait été que le rêve d'une nuit d'été. Le fils d'Haroun al Rachid, Mamoun, le dernier des grands Califes, fut obligé, pour monter sur un trône disputé, de faire appel aux Persans de Khorasan. Quand il fit son entrée triomphante à

Merv, capitale de la province, un poète de Merv, connu pour ses poésies arabes, Abbas, l'accueillit avec une ode persane composée en son honneur, premier manifeste de la poésie nationale :

> Nul avant moi, disait-il, n'a chanté poème de ce genre ; la langue persane a fort à faire pour s'élever à cette dignité.
>
> Pourtant je l'ai choisie pour chanter tes louanges, afin qu'à glorifier ta grandeur, elle en devienne plus noble et plus belle.

Le charme était rompu : la langue vulgaire avait élevé la voix ; la poésie persane allait naître ou renaître. Ses débuts furent lents et obscurs ; nous ne la retrouvons formée et maîtresse d'elle-même que deux siècles plus tard, vers l'an 1000, à la Table-Ronde de Mahmoud le Ghaznévide ; c'est le siècle de Firdousi et du *Livre des Rois*. Mais Firdousi a si bien éclipsé ses contemporains, et plus encore ses précurseurs, que les deux siècles qui vont d'Abbas à Firdousi sont vides en apparence; il ne reste que des noms, l'œuvre a péri.

Il existe par bonheur, en Perse comme ailleurs, une race qu'on ne saurait trop bénir, celle des compilateurs. Une compilation ancienne est un trésor, si nul que soit l'homme, et moins il a mis de lui-même. Or, il reste dans la poussière des bibliothèques persanes une douzaine d'histoires poétiques, composées sans critique et sans goût, mais à une époque où les vieux maîtres étaient encore connus. Un orientaliste, M. Hermann Ethé, un des plus acharnés fouilleurs de manuscrits qu'ait produits l'Allemagne, s'est donné pour tâche de recueillir dans cette poussière tout ce qu'elle cache de débris épars des poètes d'autrefois [1]. Il a ainsi exhumé quinze cents ou deux mille vers, appartenant à une vingtaine de poètes, souvent insignifiants, mais souvent aussi riches en surprises pour un lecteur de nos pays et

1. *Comptes-rendus de l'Académie de Bavière*, 1872-1875, 1878; *Nouvelles de Gœttingue*, 1875; *Recherches orientales*, 1875.

de nos temps. Ces Persans d'il y a mille ans sont plus près de nous que quelques-uns de leurs plus glorieux successeurs. Il nous faut un effort d'esprit pour entrer dans le génie de Saadi, de Hafiz, de Djami, de tous ces habiles artistes, rhétoriciens de génie qui auraient pu être autre chose, mais rhétoriciens, emprisonnés dans la convention littéraire. Ici, la convention déjà puissante n'a pas encore eu le temps de tout glacer; elle n'a pas encore figé dans son moule ces éternels lieux communs du cœur, toujours si neufs quand ils repassent par une âme de poète. Par instants aussi, les angoisses de la pensée et le sentiment du mal universel éclatent en cris modernes, sûrs d'éveiller un écho dans des âmes d'aujourd'hui, et de tout l'horizon de nos poésies, des voix se lèvent pour répondre à ces maîtres lointains du Héri-Roud et de l'Amou-Daria.

III

D'Abbas à Firdousi, du Calife Mamoun au Sultan Mahmoud, de la première ondulation de la poésie persane au moment où elle bat son plein, passèrent deux siècles et quatre dynasties. Quand Mamoun vainqueur avait quitté Merv pour se rendre à Bagdad, son général, Abdallah, fils de Tahir, s'était payé en demandant ou prenant l'investiture de la Perse orientale et avait fondé la dynastie des Tahérides. Au bout de cinquante ans, un chaudronnier du Seistan, Yaqoub, renversa les Tahérides, arracha toute la Perse au Califat, fonda la dynastie des Saffarides ou Chaudronniers, et menaça Bagdad. Le Califat aux abois appela d'au-delà de l'Oxus les Samanides, famille turque qui descendait ou prétendait descendre d'un des derniers héros de la Perse indépendante, mort en exil dans le Turkestan. Ces Samanides règnent un siècle avec gloire et tombent vers l'an 1000 devant le Louis XIV du moyen âge oriental, Mahmoud le Ghaznévide, le roi de Firdousi. Cette époque des Samanides a laissé dans la mémoire de la Perse le souvenir d'une aurore éclatante, d'un âge d'or de la poésie : c'est la période de création.

Abbas, le poète de Mamoun, n'avait pas eu de successeur, « bien qu'il eût « élevé la petite Ourse de l'éloquence à la « hauteur des Pléïades. » Les Tahérides, bien que fondateurs de fait de l'indépendance persane, tenaient plus à la Perse qu'au persan ; ils étaient bons musulmans et le Coran suffit à tout. Le premier d'entre eux avait fait brûler le vieux poème pehlvi qui chantait les amours de Wamik et d'Asra, en disant : « Nous lisons le « Coran et les traditions du Prophète ; ce « livre est un livre des Mages, c'est donc « un livre maudit. »

Les Chaudronniers furent moins durs :

sous le second d'entre eux parut Firouz, « qui sauva la poésie persane de l'anéan-« tissement; car ses vers sont plus doux « qu'un baiser dérobé et plus gracieux « que la lumière des yeux. » Il est dommage que l'unique spécimen donné par les biographes ne permette pas de savourer toute la douceur de ce baiser. Un autre poète de la même époque, Abou Salik, d'Hyrcanie, est plus heureux. Il nous transporte du coup en plein hôtel Rambouillet, ou, mieux, chez Mascarille, mais avec un sourire qui prouve qu'il n'est point dupe :

Avec les cils de tes yeux tu m'as volé mon cœur; tu me voles avec tes cils et tu prétends me condamner avec tes lèvres.

Faudra-t-il que je te paye l'amende pour m'avoir volé mon cœur? Avez-vous vu jamais pareille merveille : un voleur qu'on indemnise!

Vous entendez d'ici Mascarille : *Au voleur! au voleur!* Mais c'est un Mascarille qui sait prendre l'accent de Corneille :

Laisse couler ton sang sur la terre, cela vaut mieux que de laisser s'écouler ton honneur.

Crois-moi, mieux vaut encore s'agenouiller devant les idoles que s'agenouiller devant l'homme.

On voudrait entendre davantage de cette voix, si mobile d'accent, tour à tour d'une mièvrerie si raffinée et d'une fierté si simple. C'est un regret que nous ressentirons plus d'une fois en passant devant ces ombres, qui ouvrent les lèvres pour un mot ou deux et rentrent dans leur silence éternel. Mais tel mot qui sort de l'abîme éveille plus d'échos que bien des discours : c'est encore la voix la plus haute que celle qui crie dans le désert, et il y a une beauté d'isolement pour la parole, comme pour les ruines, comme pour les âmes.

IV

Avec les Samanides, la poésie monte sur le trône. Un nom domine toute cette époque, le nom de Roudagui, le poète aveugle de Boukhara, que la poésie persane met à son berceau comme une sorte d'Homère.

Roudagui était né à Boukhara au milieu du IXe siècle, le siècle des serments de Strasbourg. Il était né aveugle, « mais il avait l'œil intérieur » ; il l'avait assez clairvoyant pour nous faire douter parfois de l'authenticité de la légende, car les couleurs jouent dans les poésies qui nous restent de lui ou qu'on lui attribue un rôle que l'on n'attendrait pas, et par instants il semble par trop oublier qu'il est aveugle. A huit ans, il savait par cœur le Coran et commençait à composer. Le prince samanide Nasr, fils d'Ahmed, charmé de son génie, l'attacha à sa personne. Nul poète ne fut jamais plus comblé, pas même Ansari à la cour de Mahmoud. Il avait deux cents pages à son service, quatre cents chameaux pour porter ses bagages, et il put laisser à ses héritiers « plus de richesses que jamais poète n'en vit en rêve ».

Une anecdote, célèbre en Orient, met en scène le pouvoir merveilleux de sa poésie sur son maître royal. L'Émir Nasr avait quitté Boukhara pour Merv, et « la Reine du monde » le retenait tellement par ses charmes que les grands seigneurs de Boukhara craignirent pour la capitale. Les poètes du Khorasan ne tarissaient point de sarcasmes contre la grande parvenue de la Transoxiane, ses rues étroites et ses ordures.

« Le plus noble cheval, en arrivant à Boukhara, disait l'un, y deviendrait bientôt un âne, Mes yeux n'ont jamais vu un cloaque plus infect que cette ville dont l'Émir de l'Orient a fait sa capitale. »

« Tandis qu'ailleurs, disait un autre, la tiède haleine des vents répand chaque matin le doux parfum des villes, Boukhara est comme le cadavre du monde [1]. »

Les seigneurs boukhariotes prièrent Roudagui de chanter à l'Émir quelque poésie qui réveillât en lui l'amour et le regret de Boukhara. Un matin, à déjeuner, Roudagui saisit la lyre et dit :

Le parfum des ondes du Molian [2] monte vers nous ; le souvenir de l'ami bien-aimé monte vers nous.

Le sable de l'Amou [3] et ses cailloux glissent sous le pied comme la soie.

Les eaux du Djihoun et leurs bouillonnements montent dans leur fraîcheur jusqu'à la ceinture du roi.

Réjouis-toi, o Boukhara, et sois heureuse ! Le roi revient en hôte dans tes murs.

Le roi est la lune, Boukhara est le ciel : la lune remonte dans son ciel.

Le roi est le cyprès, Boukhara le jardin ; le cyprès revient à son jardin.

1. Barbier de Meynard, *Tableau littéraire du Khorasan et de la Transoxiane*, dans le *Journal Asiatique*.
2. Rivière de Boukhara.
3. L'Amou-Daria ou Djihoun, l'ancien Oxus.

Le roi, touché de ces souvenirs, à l'instant, en robe de nuit et en pantoufles, monta à cheval et ne fit qu'une traite jusqu'à Boukhara.

Roudagui, dit la légende, avait une voix divine et le musicien valait le poète. Entre autres dons, il était merveilleusement doué dans le *thought-reading* et sentait si bien battre les cœurs autour de lui qu'il pouvait improviser sur la lyre un chant ou un air en accord avec le sentiment qui les traversait. Un jour, un incrédule demanda l'épreuve. Roudagui le convainquit à sa confusion en chantant ces vers :

> Si tu sais dominer tes passions, tu es un homme, si tu ne te moques point de l'aveugle et du sourd, tu es un homme.
>
> Frapper du pied l'homme à terre n'est pas d'un homme; si tu prends la main de l'homme à terre, tu es un homme.

Sa gloire n'était pas seulement une gloire de cour. Une de ses œuvres avait charmé toute la Perse et couru de ville en ville ; c'était une traduction en vers, aujourd'hui perdue, de *Kalila et Dimna,* ce fameux livre d'apologues, né dans l'Inde bouddhique, ancêtre des *Mille et Une Nuits* et de tant de nos fabliaux et de nos fables, et qui est allé plus loin que ni la Bible, ni le Coran, ni la parole du Bouddha. L'admiration lui resta fidèle après sa mort. Il fut salué le maître incomparable, le créateur de la poésie, le modèle inimité dans tous les genres, l'étoile polaire de la poésie, le Sultan, l'Adam des poètes. Un de ses émules, Chahid de Bactriane, disait :

> La poésie chez les autres poètes ressemble à la parole ; chez Roudagui, la parole est faite de couleurs.
>
> Pour les poètes, *Très bien! Bravo!* est un éloge ; pour Roudagui, *Bravo! Très bien!* est une impertinence.

L'œuvre de Roudagui fut immense : il laissa, dit-on, un million trois cent mille vers ; il ne nous en reste que quelques centaines, où il y a assez de belles choses pour regretter qu'il n'en reste pas davantage et d'assez froides pour se féliciter que la masse soit perdue.

Ces débris peuvent se ranger sous trois chefs : poésie de cour, poésie d'amour, poésie de désillusion.

C'est comme poète de cour que Roudagui fit sa fortune; mais, comme on peut bien s'y attendre, ce ne sont pas ses panégyriques royaux qui sont pour beaucoup nous toucher. Cependant il y aurait de curieuses comparaisons à établir entre les procédés du panégyriste persan et ceux du maître panégyriste de la Grèce. Pindare se demande : Ayant à louer X... qui me paye, mais qui est peu intéressant, comment passer de là à un sujet qui intéresse? Pour Roudagui, qui n'a qu'un maître et toujours le même, la question est celle-ci : Etant donné un sujet quelconque, comment en faire sortir l'éloge de l'Émir? La solution est des plus simples : il emmanche le sujet par une comparaison. Description du printemps : la nature est en joie, la tulipe est en fleur, le vent est parfumé, la branche élancée tremble au souffle du printemps, *comme l'œil de l'ennemi devant le glaive de l'Emir.* L'Émir est le lieu de la victoire et du bonheur, etc. — Description de l'automne : le vent d'automne est un alchimiste, autrement comment changerait-il en or les fruits du jardin ? Le vent du Kharizm a répandu les pièces d'or (les feuilles jaunies) dans le sein du bocage, *comme la pluie de la main du roi* dans le sein de ceux qui viennent le voir. Car le roi, tant qu'il a un ennemi, n'a affaire que de se battre ; tant qu'il a un *direm,* il n'a affaire que de donner, etc. (A bon entendeur, salut!) Peine d'amour : Roudagui est prisonnier d'une belle qui l'a enlacé de mille liens ; mais il ne craint point la captivité, *car la libéralité du prince l'a affranchi ;* le prince qui écoute la voix du faible, comme la mère écoute celle de l'enfant égaré, etc. Plus la transition est inattendue, plus la vanité du prince est agréablement surprise par la plus douce des trahisons. Et les *dînars* de pleuvoir sur l'heureux poète : à un poète lauréat que faut-il? des pensions et des titres : *acceperunt mercedem suam, vani vanam*.

Roudagui, par bonheur, a été autre chose encore qu'un poète de cour. Il a aimé et, quoique enfant gâté du succès, il a souffert. La plupart de ses chants d'amour, il est vrai, rentrent un peu trop dans la convention et la rhétorique amoureuse, ce fléau des littératures raffinées, qui rend intolérable la plus grande partie de la poésie persane et qui, comme on voit, paraît de bien bonne heure : il est probable que la Perse nouvelle ne faisait que reprendre la tradition des soupirants d'autrefois; je ne doute pas que l'on ne tournât déjà des madrigaux à la cour du roi Darius. Dans notre poète, toute cette rhétorique stérile, qui séduisit si fort Gœthe vieilli, est déjà là, quoique encore contenue, et avec des traits de naturel :

Une seule fois dans l'année vient le grand jour de fête; ton regard est pour moi une fête éternelle.

Une seule fois dans l'année vient la rose;

ton visage est pour moi une rose éternelle.

Une seule fois dans le jardin je cueille la violette en bouquet; tes tresses parfumées sont un éternel bouquet de violettes.

Une seule fois éclot le narcisse dans les champs; le narcisse de tes yeux éclot toute l'année.

Le narcisse endormi ne revient pas; ton narcisse noir endormi revient et se réveille.

Il y a bien le cyprès qui dans le jardin verdoie toute l'année; mais près de ta taille il est courbé et penché, etc.

Dans ces mièvreries spirituelles, rien de cette passion sincère, qui peut très bien s'allier avec le raffinement et le mauvais goût et y jeter un éclair de vérité; rien de ces transfigurations, qui font de l'amour une religion, où l'imagination peut-être a autant de part que le cœur, mais où l'imagination ne pourrait rien, si le cœur n'y était; rien de ces agrandissements de l'image aimée, qui, à force de remplir tout l'œil du poète, remplit tout son horizon et tout son ciel. Le ruisseau où la bien-aimée de Roudagui lave sa joue devient couleur de rose; la terre où elle fait flotter ses cheveux devient du musc; ainsi eût parlé Oronte, s'il eût rimé à Boukhara. Roudagui s'étonne que la tulipe sorte de la rouille de la terre, tandis que, chez sa bien-aimée, c'est la rouille qui sort de la tulipe, ce qui veut dire qu'elle a un grain de beauté. Le jour où l'on récita ces vers dans le harem de Nasr, toutes les Philaminte de Boukhara auront été dans le ravissement.

Ce qui domine dans les pièces amoureuses de Roudagui, c'est avant tout l'esprit, forme que prend l'amour chez ceux qui n'ont pas l'amour :

> Avec deux ou trois baisers, délivre ce cœur de l'angoisse et du tourment, afin de mériter qu'en retour un dieu te rende la pareille !

Mais, hélas! deux ou trois baisers ne suffisent pas :

> Il en est des baisers comme de l'eau amère ; plus on en boit, plus la soif augmente.

Avec bien du jargon encore, il y a des élans de naturel dans ce chant triomphal d'amour heureux :

Maintenant nous sommes réunis et tout est oublié : qu'il est doux d'être réuni à sa bien-aimée après la séparation !

Elle me dit avec caresse : « Loin de moi, comment était ton cœur ? » Elle me dit en rougissant : « Loin de moi, comment était ton âme ? »

Je lui répondis en disant : « O ma belle du paradis, toi qui es le malheur de mon âme et le tourment de toutes les belles du monde !

« Tes tresses d'ambre ont pour moi fait du monde un collier, car pour moi le monde est une balle dont ta tresse est la raquette.

« Telle a été ma douleur pour ces deux yeux qui lancent la flèche ; telle a été ma douleur pour ces deux tresses qui répandent le musc. »

Et dans les caresses de cette fleur de hyacinthe, ma poitrine devint un sachet d'ambre ; sous les baisers de ce corail ma lèvre se fondit comme le sucre.

Par instant, un triste retour sur lui-même, devant toute cette beauté du monde qu'il ne connaît que par l'imagination et l'œil d'autrui :

O mon idole, on m'a dit qu'au cours de sa vie de tristesse ou de joie Joseph dépouilla trois tuniques.

L'une fut noyée de sang par la ruse [1]; la seconde déchirée par la calomnie [2]; la troisième par son parfum rendit la lumière à l'œil humide de larmes de Jacob [3].

Ma joue [4] ressemble à la première, mon cœur à la seconde. Oh! si je pouvais obtenir la troisième!

Le naturel et, par suite, la poésie viennent avec l'émotion vraie et la douleur :

Quand tu me verras mort et ces deux lèvres fermées, et vide de son âme ce corps pour qui est fini tout désir,

Assieds-toi à mon chevet et dis doucement : O toi que j'ai tué et que tant je regrette à présent!

Ainsi passèrent les années, aux pieds des belles et la coupe à la main, chantant

1. La tunique ensanglantée par ses frères.

2. La tunique déchirée par la femme de Putiphar.

3. D'après la légende arabe, Jacob était devenu aveugle à force de pleurer sur Joseph. Joseph lui envoya la tunique qu'il avait reçue de l'ange Gabriel dans le puits où ses frères l'avaient jeté : elle avait encore le parfum du paradis et guérissait tous les maux.

4. Noyée de larmes de sang.

comme Horace le *Carpe diem* et les *roses trop fugitives*.

Vis joyeux avec les belles joyeuses aux yeux noirs : car le monde n'est que conte et que vent.

Moi et cette belle aux cheveux en tresses, odorants de musc; moi et cette belle au visage blanc comme la lune, de la race des Houris!

Bonne fortune à qui donne et jouit! Malheur a qui ne donne ni ne jouit!

Ce monde n'est que nuée et que vent, hélas! Apporte donc du vin et advienne que voudra!

Ce vin, il le décrit avec les mêmes mièvreries, les mêmes raffinements qu'une amante :

Roudagui prit la harpe et chanta : il faisait jaillir le vin, tandis qu'il faisait jaillir le chant.

C'est un vin fait de cornaline : à le voir on ne le distinguerait point de la cornaline fondue.

C'est la même substance, mais l'une est solide, l'autre est fondue.

Sans qu'on le touche, il teint les mains; sans qu'on le goûte, il court dans la tête.

Ailleurs, c'est du pur rubis en fusion, une épée tirée devant le soleil; si pur, que l'on dirait une coupe d'eau de rose, si doux, qu'on dirait le repos sur les yeux de l'insomnie : « Bois donc, car par le vin « vieillit le chagrin nouveau-né: Quand « le tonnerre retentit au ciel, bois et « écoute le son du luth et de la lyre » : *Suave mari magno.* Qu'importent les jours qui passent? « Il y a deux jours « dont je ne me soucierai jamais, dira plus « tard Omar Khayyam, le jour d'hier et « le jour de demain. » Roudagui l'a su avant lui : « Sois joyeux du jour qui « vient et ne te désole pas de celui qui « s'en va. »

Mais à la longue, quand beaucoup de jours ont passé, le jour présent perd de son ivresse :

For the days of our youth are the days of our
[glory!

Ces jours de jeunesse et de gloire passèrent aussi pour Roudagui et il en fut lui aussi, comme Villon, comme Musset, comme Byron, comme tous les poètes trop tôt vieillis, acculé à la poésie du regret. L'amour était parti avec la jeunesse :

son puissant protecteur, l'Émir Nasr, était mort :

O belle au visage de lune, aux cheveux de musc ! Sais-tu ce qu'était jadis ton esclave ?

Que de belles jeunes filles qui l'aimèrent et venaient en secret le voir dans la nuit !

Que de cœurs mes chants ont amollis comme la soie, qui étaient jadis comme la pierre et l'enclume !

Tu vois le Roudagui d'à présent ; tu ne l'as pas vu au temps qu'il vivait avec les libertins.

Tu ne l'as pas vu au temps qu'il allait par le monde, disant des chansons, alors qu'il était l'homme des *Mille Histoires* [1].

Passé est le temps que ses vers couvraient le monde ; passé le temps qu'il était le poète de Khorasan...

Le temps est changé et je suis changé de même ; apporte-moi mon bâton, car voici venu le temps du bâton et de la besace.

Roudagui pourtant ne se résigna pas sans lutte à la vieillesse. — J'admire, disait rudement un poète contemporain, Khosravani,

1. Le livre de Kalila, origine des *Mille et Une Nuits.*

« J'admire ces vieux qui se teignent la barbe : avec toute leur peinture, ils ne se gareront pas de la mort.

« Ils ne font que se préparer un châtiment dans l'enfer. »

Roudagui se sentit visé et répondit avec grâce :

« Je ne me noircis pas les cheveux pour redevenir jeune et pécher à nouveau.

« On met des vêtements noirs au jour de malheur; je noircis mes cheveux pour pleurer ce malheur, ma vieillesse.

Remède stérile. La mort frappait à ses côtés pour l'avertir. Il perdit son admirateur et son ami, Chahid de Bactriane, un vrai poète, et il crut avoir perdu avec lui le meilleur de son génie. Que n'est-il allé, jeune, chercher la paix dans la cellule d'un couvent, aux pieds du cheikh ?

Vois-tu ce cavalier, jeune et riche, qui vient du lointain pour le service de Dieu?

Son maître ne sera content que dix ans plus tard, quand il s'en retournera, vieilli, à pied et mendiant.

Comme le monde l'abandonnait, il abandonna le monde : il dit adieu au plaisir, à la science profane, à ces philosophes grecs qui étaient alors si à la mode et que lui aussi peut-être avaient adorés ; il se tourna vers le Prophète qui sans doute, aux beaux jours, avait eu bien peu de ses pensées.

O mon âme, pourquoi tant te mettre en peine pour nourrir ce corps? C'est pitié que le Saint-Esprit se mette à garder les chiens.

J'ai part à la vérité enseignée des Prophètes; qu'ai-je affaire de puiser au ruisseau desséché de la science grecque?

Est-ce là qu'il trouva la paix des derniers jours ou dans le fatalisme résigné de la philosophie humaine?

O toi, qui es dans la douleur et mènes le deuil, toi qui verses des pleurs en secret.

Tu voudrais rendre le monde plus égal : le monde est le monde, comment le rendre moins changeant?

Ne gémis point, car il ne regarde pas aux gémissements; ne te plains pas, car il n'entend pas les plaintes.

Tu irais pleurant jusqu'au jour de la résurrection, les pleurs ramèneront-ils ceux qui sont partis ?

Vois ! sans qu'il y ait nuage ni éclipse, la lune rentre pourtant en elle-même et le monde rentre dans les ténèbres.

C'est ainsi que le vieux poète aveugle put attendre en paix l'instant de rentrer à son tour dans les ténèbres secondes : plus heureux que d'autres, l'âge seul l'avait acheminé vers cette vertu, la plus morne de toutes, la Résignation, sœur aînée de la Mort.

V

Autour de Roudagui se groupait toute une armée de poètes. Nous avons déjà rencontré l'un d'entre eux, son admirateur admiré, Chahid de Bactriane. On dit que Roudagui le mettait au-dessus de lui-même : les quatre ou cinq fragments qui restent de lui semblent donner raison à la modestie du maître. Chahid est le pessimiste du siècle. Il a l'imagination sombre et grandiose, avec la sobriété de la force et des éclairs de douceur et de grâce. Le monde sans doute avait eu pour lui des déceptions et il avait éprouvé par lui-même que « le talent et la fortune « sont le narcisse et la rose qui ne s'épa-« nouissent jamais ensemble. » La guerre civile et la guerre étrangère ravageaient sa patrie et dans les ruines de Tous il a rencontré le corbeau qui plus tard visita la nuit d'Edgar Poe :

La nuit dernière je passais dans le désert de Tous ; je vis un hibou perché là où jadis perchait le coq.

Je lui dis : Quelles nouvelles m'apportes-tu du désert ?

Il me répondit : La nouvelle, la voici : *Malheur! Malheur!*

Poète de cour comme Roudagui, il songe devant le trône à la fatalité des conditions humaines, à la volonté aveugle du firmament :

Il y a deux ouvriers à l'œuvre sur la sphère céleste, l'un est tailleur et l'autre est tisserand.

L'un ne coud que des coiffures de rois, l'autre ne tisse que des saraus noirs de mendiants.

Il a fait le tour du monde d'un bout à l'autre, sans rencontrer un sage satisfait, et toute sa philosophie vient se condenser dans une image, grande et sombre comme le monde :

Si la douleur jetait de la fumée comme le feu, le monde serait éternellement dans la nuit.

VI

Roudagui avait trouvé des disciples dans tous les styles et tous les genres : regardons-en passer quelques uns. Voici Aboul Abbas de Boukhara, le panégyriste, qui a charge de célébrer l'avènement de Nuh, fils de Nasr, succédant à son père; c'est toujours une chose délicate pour un poète lauréat que d'avoir à chanter un avènement légitime : il lui faut, à lui aussi, une larme dans les yeux, un sourire à la lèvre,

With a tear in his eyes and a smile on his lips.

Aboul Abbas se tire d'affaire fort honnêtement et ni le mort ni le vivant n'auront à réclamer :

Un noble prince vient de passer, un prince illustre vient de s'introniser.

Le monde est dans les pleurs pour celui qui vient de passer, le monde est dans la joie pour celui qui vient de s'introniser.

Considère à présent, avec l'œil de l'intelligence, toute la bonté de Dieu à notre égard.

Pour le flambeau qui nous a été enlevé, il a mis une autre lumière à la place.

Saturne nous avait montré sa colère, Jupiter nous montre sa bonté.

Voici les amoureux en madrigal; comme Aboul Muvayyad, de Bactriane, qui ne peut voir sans soupir le rouge de l'ongle de sa bien-aimée, car c'est lui-même qui a teint cet ongle avec le sang de son cœur; ou Nasr de Nichapour, qui retrouve tous les astres dans le visage de celle qu'il admire :

Elle ressemblerait à la lune, n'était sa tresse noire.

Elle ressemblerait à Vénus, n'était son grain de musc (son grain de beauté).

Vraiment on dirait que sa joue est le soleil même,

Si le soleil n'avait ses éclipses et ses déclins.

Voici Mohammed de Djounaid, le buveur enthousiaste, qui fait de l'ivrognerie une vertu :

Dès l'aurore mets-toi à boire, au chant du coq et au gémissement de la lyre.

Il faut que le soleil, en dressant la tête de dessus la montagne, rougisse des reflets du verre.

Va de ta coupe à ta couche, à la nuit tombante ; va de ta couche à ta coupe, au point du jour.

Il faut du lait au petit enfant, il faut du vin au vieillard.

Voici le pieux Sâlih, de Hérat, qui devant les charmes d'une jeune chrétienne, devant ces yeux de gazelle, ces tresses annelées, ces joues de tulipe, cette poitrine d'argent, songe avec extase à tout ce que l'enfer peut revêtir d'apparences célestes : on sent que l'apparence du ciel lui suffira.

Voici le poète mendiant, Abou Zarrah, qui est tout prêt à avoir le génie de Roudagui, si l'Émir a la générosité de Nasr.

Si ma fortune n'est pas à la hauteur de celle de Roudagui, cependant — ne t'étonne pas — je le vaux pour l'éloquence.

Si, avec ses yeux aveugles, il a su obtenir les biens du monde, moi, qui ai des yeux, comment les fermerais-je à ces biens?

Donne-moi le millième de ce que lui ont donné les princes, et mon éloquence dépassera mille fois la sienne.

Voici le soldat poète, Ali de Boukhara, qui, devant les flocons de neige en fuite, rêve de bataille :

Regarde au ciel, vois comme les bataillons de neige voltigent; on dirait des colombes blanches qui fuient en déroute, effrayées du faucon.

Voici le poète désabusé, Khosravani, celui qui faisait si durement la morale à Roudagui, et ancien servant du culte d'amour :

Jamais pagode n'a eu d'idole ni de prêtre, tels que toi et Khosravani, ô mon idole!

Il reste de lui une épigramme écrite à l'agonie :

Je vois à mes côtés quatre sortes de gens impuissants et qui ne m'ont pas apporté un atome de soulagement :

Le médecin, le moine, l'astrologue et l'enchanteur, avec leurs drogues, leurs prières, leurs horoscopes et leurs talismans.

Mais avant de mourir, il avait eu le temps de lancer un cri qui laissa un long écho et que Firdousi n'a pas dédaigné de recueillir et de nous transmettre, ce cri éternel de la jeunesse qui s'enfuit :

Que vous ai-je donc fait, ô mes jeunes années!

Son grand œuvre achevé et ses espérances de fortune trompées, le pauvre poète du *Livre des Rois* s'écriait :

Je me suis donné tant de peine, j'ai lu tant d'histoires, tant de récits arabes et de récits pehlvis.

Sauf le soupir et le mal de mes fautes, quelle trace me reste-t-il de ma jeunesse?

Au souvenir de ma jeunesse, à présent, je gémis et je répète le vers de Bou Tahir Khosravani :

« Je revois ma jeunesse jusqu'à mon enfance. Hélas ! ma jeunesse ! Hélas ! où est ma jeunesse ? »

Le refrain courut dans la poésie du siècle et fit pousser plus d'un soupir. « Tel que pluie de printemps, disait un poète du Guilan :

Tel que pluie de printemps et vent d'automne, s'est écoulé de mes mains le temps de ma jeunesse.

Que de fois je me suis assis, dispos de corps, joyeux de cœur, la joue en pourpre !

Jamais mon oreille n'était lasse du chant des musiciens, ni ma main de la coupe de vin de Moghan.

Au souvenir de ma jeunesse, à présent je gémis : « Hélas, ma jeunesse ! Hélas ! où est ma jeunesse ? »

La poésie ne visitait point seulement la cour, elle descendait aussi dans l'échoppe du marchand. Elle eut son Reboul, un boulanger de Nichapour, « qui ne savait « pas seulement faire de bon pain, mais « enfiler aussi les perles de la poésie. » Le galant boulanger savait tourner le madrigal comme pas un :

Tu vois ces deux tresses de cheveux que le vent ballotte ;

On dirait un amant qui ne sait où trouver le repos.
Ou bien c'est la main du chambellan du général,
Qui de loin fait signe que l'on ne reçoit pas aujourd'hui.

Il est probable que le commerce allait mal, car notre boulanger cumula et se fit médecin. Il en coûta à ses malades. et à lui aussi, car, pour son malheur, il avait un fils, poète également, mais qui manquait de respect et inaugura, aux dépens de son père, la tradition de Molière :

Je donnais un bon conseil au Docteur Boulanger; je lui disais : « Tâche que le patient quitte ta porte guéri de son mal. Il ne faut pas que le malade impotent, espérant le salut, frappe joyeux à ta porte et la quitte désolé. »

Papa m'a répondu : « Tu ne vois pas que ce n'est pas de ma faute. Quand sonne pour le gibier l'heure fatale, il court de lui-même vers le chasseur. »

Le jour où l'on voudra faire l'histoire de la médecine devant la comédie, une des premières voix sera celle de ce contemporain d'Avicenne, le fils irrévérencieux du docteur boulanger.

VII

Dans cette pléïade de *poetæ minores*, dont les ombres se pressent autour de Roudagui, il en est deux auquels Dante eût arrêté Virgile Ils se nomment Daqîqi et Kisâi.

Daqîqi est resté célèbre en Perse, comme le précurseur de Firdousi, comme le premier poète du *Livre des Rois*. Depuis que la Perse était rendue à elle-même, elle se reportait avec passion aux souvenirs de son passé : malgré l'abîme infranchissable que l'Islam avait mis entre son passé et son présent, et qu'elle-même n'aurait point voulu combler, l'eût-elle pu, elle aimait à réveiller tout ce monde de légendes, que la mythologie et l'histoire, remaniées par la poésie populaire, avaient accumulées sur ses héros imaginaires ou réels, les Féridoun, les Gouchtasp, les Roustem, les Alexandre, les Behram. Les derniers rois nationaux avaient commencé cette œuvre, interrompue par la conquête arabe; les nouvelles dynasties nationales la reprirent. Vers le temps où régnait en France le roi Hugues Capet, et où commençait la Chanson de Geste, on avait réuni assez de matériaux pour en faire un livre continu que l'on appelait le *Livre des Rois*. Mais ce livre était en prose : il lui fallait la consécration poétique. L'Émir Nuh fit appel au poète le plus en renom de l'époque, Mohammed, que l'on avait surnommé Daqîqi ou le Subtil, à cause des raffinements de sa poésie.

« En ce temps-là, dit Firdousi, les chanteurs chantaient à tout venant maint récit de ce livre et le monde se prit d'amour pour ces histoires. Vint un jeune homme à la langue déliée, qui dit : « Je « mettrai ce livre en vers », et le cœur des hommes se réjouit en l'entendant. Mais la mort fondit soudain sur lui et lui mit sur la tête son casque noir. Il partit et le livre resta non chanté. » Daqîqi n'avait laissé qu'un millier de vers, relatifs à l'histoire de Zoroastre et de Gouchtasp et que Firdousi inséra dans son poème, sur la prière du poète dont l'ombre lui était apparue. Le pauvre Daqîqi n'était point de taille à mener à bonne fin la grande œuvre; il n'avait point l'âme assez forte ni assez haute. Il était avant tout le poète du vin et de l'amour, et le seul titre qui pût le désigner au choix de l'Émir pour une œuvre si austère est sans doute qu'il était un des derniers fidèles de l'ancienne religion. Il disait lui-même dans une de ses poésies d'amour et en un mélange sceptique du sacré et du profane :

De toutes les choses de ce monde, bonnes ou mauvaises, Daqîqi en a choisi quatre :

Les lèvres aux teintes de hyacinthe, le gémissement de la guitare, le vin couleur de sang et la loi de Zoroastre.

Mais la loi de Zoroastre n'était point pour lui un joug bien lourd et ne servait guère qu'à l'affranchir de celle du Coran. Il périt assassiné dans une nuit de débauches par un esclave trop aimé.

Les fragments lyriques qui restent de lui justifient pleinement son surnom. En voici un spécimen, où pourtant le trait final est d'un Catulle :

Plût à Dieu qu'il n'y eût point de nuit dans le monde, ou que je n'eusse jamais à me séparer de ces lèvres !

L'aiguillon du scorpion ne percerait point mon cœur, si elle n'avait ces tresses tordues en scorpion.

Si elle n'avait cette fossette au-dessous des lèvres, les étoiles [1] ne seraient point jusqu'au jour les confidentes de ma douleur.

Si elle n'était toute faite de perfection, mon âme ne serait point toute faite de son amour.

Et pourtant s'il me faut passer la vie sans mon amie, ô Seigneur ! plût à Dieu que la vie ne fût pas.

Par instant, l'épine de l'*amari aliquid* semble l'avoir, lui aussi, mordu sous la rose; peut-être quelque déception du

1. Le poète joue sur les mots *étoile* et *fossette*, qui sont presque identiques en persan (*Kaukab* et *Kaukâb*).

cœur, quelque amitié ou quelque amour qu'il avait lassé :

> Je suis resté trop longtemps, on m'a pris en dédain ; l'ami qui reste trop longtemps perd dans l'estime.
> L'eau qui reste trop longtemps dans le bassin s'empoisonne à force de reposer.

Un sentiment plus triste et plus grave vint traverser cette âme légère, trop tard pour la transformer ; c'est peut-être à la veille de la nuit fatale qu'il écrivait :

> On me dit : « Supporte ; Dieu te le rendra. »
> Il me le rendra sans doute, mais dans une autre vie.
> J'ai passé ma vie dans la souffrance ;
> Il me faut une autre vie pour me le rendre.

Hélas ! en dépit de son vœu, en dépit du vœu pieux de Firdousi : « O Dieu ! « pardonne-lui ses fautes et au jour de la « résurrection donne-lui large place au « paradis », il n'était pas entré dans la mort par la voie qui force Dieu à rendre, et tel que son frère de France, le pauvre

Hégésippe, il resta sans doute le créancier de Dieu dans l'autre monde, comme Hégésippe dans celui-ci :

Pauvre écolier rêveur et qu'on disait sauvage,
Quand j'émiettais mon pain à l'oiseau du rivage,
L'onde semblait me dire : « Espère! Aux mauvais jours,
Dieu te rendra ton pain! » Dieu me le doit toujours!

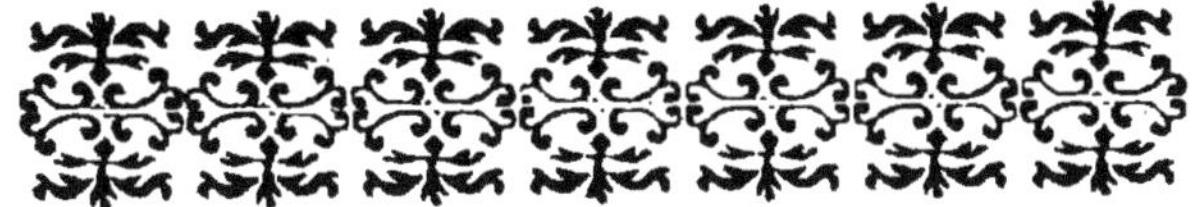

VIII

Vers la même époque vivait le poète Abu Ishaq, de Merv, surnommé Kisâi, « l'homme au manteau », parce qu'il portait sur l'épaule le manteau de l'ascète. Mais comme tant d'ascètes, il avait porté d'autres manteaux avant celui-là : le manteau de l'ascète n'est bon à s'en envelopper que dans le froid de l'âge :

Le petit oiseau de la salle de chant s'est mis à chanter, comme un amant qui donne rendez-vous à sa bien-aimée.

Que dit-il donc ? — Il dit : « Amant, à la nuit tombante, prends la main de ta bien-aimée et va-t-en vite au bosquet. »

Horace lui-même n'a point chanté la rose avec plus de grâce et d'esprit :

La rose est un trésor descendu du ciel ; l'homme au milieu des roses en devient plus noble.

Marchand de roses, pourquoi vends-tu des roses pour de l'argent?

Que pourrais-tu bien acheter avec l'argent de tes roses qui soit plus précieux que tes roses?

Omar Khayyam se souvenait de ces vers quand il disait, choisissant son thème avec moins de grâce :

Je ne puis en revenir de ces marchands de vin :
Que veulent-ils donc acheter qui vaille mieux que le vin qu'ils vendent?

Si la rose avait eu à choisir entre les quatre jolis vers de Kisâi et les interminables dithyrambes de Hafiz, je crois que, sans hésiter, elle eût dit à Hafiz : « La rose aime mieux une seule note du rossignol que tous les chants du jardinier ».

Kisâi, par malheur, n'a point toujours cette discrétion ni cette mesure, et quand il s'en mêle il en remontrerait aux *euphuistes* les plus consommés. Sa bien-aimée ne se contente pas de prêter à la lune le reflet de son visage, de faire éclore les narcisses partout où elle jette le regard, de faire lever la lune partout où elle passe; son visage et sa chevelure forment le livre même de la beauté, car, je vous prie, qu'est-ce qu'un livre, sinon du noir sur du blanc? Il ne faut pas qu'elle laisse flotter ses tresses sur sa joue : car il ne faut pas laisser l'argent à la portée des voleurs (et l'on sait quelles voleuses de cœur sont en poésie les tresses des belles Persanes). Il y avait un jeune blanchisseur dont la beauté avait ému le futur ascète : ce jeune homme blanchit les vêtements et assombrit les cœurs. L'émir Noé (Nuh) vient de mourir et son cercueil passe dans les rues de Merv en pleurs : le flot des larmes sur son passage refait le déluge de Noé; la bière au milieu de ce déluge est l'arche même de Noé.

Kisâi, comme Roudagui, prenait des mesures offensives contre les cheveux blancs, et il s'en défendit comme lui contre les esprits moroses, mais avec un demi-aveu de repentir.

Cela te fait de la peine que je me farde et me teigne les cheveux.

Je ne cherche pas à me rajeunir : seulement j'ai peur qu'on ne cherche en moi la sagesse du vieillard et qu'on ne la trouve point.

Elle vint enfin, cette sagesse, sans attendre la pleine vieillesse. Il chanta Ali et les prophètes et mourut à peine âgé de cinquante ans. Son dernier chant, écrit, dit-on, une heure avant l'agonie, est un long regret de sa jeunesse perdue et de la vie qui s'enfuit plus qu'un regret de ses fautes.

C'était l'an 341 de l'hégire (953) : j'entrai dans ce monde, pour voir ce que je pourrais bien y dire et y faire :

— Y dire des vers, y faire la vie.

Or, j'ai passé toute ma vie dans ce bas monde sous le faix comme un chameau, esclave de mes enfants, enchaîné dans les liens de la famille.

Tout compte fait, que me laissent dans la main mes cinquante ans? Un livre de compte avec cent mille fautes.

Comment à la fin solderai-je ce compte qui s'ouvre avec le mensonge et se ferme avec le néant?

Hélas! où est la gloire de ma jeunesse? où est

le charme de la vie? Hélas! où est la beauté? où est la grâce?

Ma tête est blanche comme le lait, mon cœur est noir comme la poix. Mes joues sont comme le nénuphar, mon corps comme le maigre rameau.

Jour et nuit, la crainte de la mort me fait trembler, comme un enfant indocile qui tremble devant le fouet.

Tout est passé, et je suis passé. Ce qui devait être a été. J'ai été, et mon chant n'est plus qu'un conte d'enfant.

O Kisâi, la cinquantaine a étendu sur toi ses cinq doigts; elle abat tes ailes à coups de poing et de griffe!

Dans ces cris poignants du mourant, il y a autre chose que le repentir du fidèle qui a péché. Tous ces ascètes de la Perse rappellent le Pénitent de Browning qui regrette moins la faute que de ne plus pouvoir la commettre :

How bad! how sad! how mad it was!
But oh! how it was sweet!

Peut-être, après tout, ce repentir imposé est-il le plus sincère et le plus sûr, puisqu'il ne permet pas les récidives et qu'il est irréparable.

IX

Depuis longtemps la dynastie des Samanides penchait. Elle comptait déjà un siècle, ce qui est long pour une dynastie persane.

Les princes de la famille de Saman ont apparu un moment, — disait d'avance le poète arabe Abu Taieb, de l'ancienne famille des Tahérides et comme tel ennemi mortel des Emirs, — et ils tombent; chaque jour leur trône se mine davantage.
Ils étaient étendus sur une couche moelleuse, mais la fortune la remplace par le lit rocailleux de la terre.
Ils pleureront, et leurs larmes ne tariront jamais. Laisse-les donc à l'enfer et bois gaiement : déjà l'aurore se lève à l'Occident.

Ce n'est pas à l'Occident que se leva l'aurore invoquée par la haine du poète, mais au Midi, avec la jeune dynastie de

Ghazna, fille d'un esclave fugitif, qui allait asservir la Perse et l'Inde. Le dernier Samanide, Ibrahim Muntasir, monta presque enfant sur ce trône croulant. Il passa sa courte carrière à cheval, sous un manteau déchiré ; toujours sur les chemins, prisonnier, fugitif, vaincu, vainqueur, trahi, traqué, digne de relever l'empire de ses pères, « si contre le décret du ciel l'effort humain n'était impuissant. » Un jour, dans une éclaircie de fortune, les courtisans qui lui revenaient lui dirent : « Sire, pourquoi ne donnez-vous pas des banquets et des concerts ? C'est un des insignes de la royauté. » Et le jeune roi répondit en vers, sur le rythme *hazaj* :

On me dit : « Pourquoi ne fais-tu pas bonne chère ? Pourquoi n'ornes-tu pas ta demeure de tapis bigarrés ? »

Que ferais-je du chant des musiciens dans la clameur des guerriers ? Que ferais-je des séances au bosquet de roses, sous le piétinement des chevaux ?

A quoi bon à présent le bouillonnement du vin et l'ambroisie bue aux lèvres de l'échanson ?

C'est le sang qui doit bouillonner sur les anneaux de la cuirasse.

Mon cheval et mon armure, voilà ma table de banquet et mon jardin. Ma flèche et mon arc, voilà ma tulipe et mon lis.

Bientôt le jeune prince, réfugié dans un campement de Bédouins, périssait assassiné la nuit par ses hôtes. Du moins cette maison de Saman, qui avait tant aimé la poésie, en était récompensée ; elle mourait avec un poète et la chanson aux lèvres.

X

La poésie ne mourut pas avec eux. Elle trouva un abri royal à la cour de leurs héritiers, les Ghaznévides Mahmoud lui-même était poète à ses heures et raffolait de poésie. Le meilleur moyen de faire sa cour à ce rude guerrier était encore de lui chanter de jolis vers, surtout s'ils étaient à sa louange. Toute sa cour poétisa : il avait quatre cents poètes à sa suite et, pour mettre l'ordre dans cette volière, il créa une dignité nouvelle, qui subsiste encore, celle de *Roi des Poètes*. Le Roi des Poètes n'était pas un simple poète lauréat : c'était le ministre des affaires poétiques; tout ce qui écrivait en vers dépendait de lui ; c'était lui qui examinait les vers des poètes de cour, décidait s'ils méritaient d'être présentés à Sa Majesté, les corrigeait s'il y avait lieu, distribuait les pensions. Le premier roi des poètes fut Ansari qui est oublié; parmi ses subordonnés était un paysan de Tous, nommé Firdousi, qui écrivit le *Livre des Rois,* « prophète de l'épopée, bien que Mohammed eût déclaré qu'il n'y aurait plus de prophète après lui », et qui est entré dans la poésie européenne et universelle.

Je ne parlerai point de Firdousi dont la vie et l'œuvre sont suffisamment connus par les beaux travaux de M. Mohl [1], ni de ses successeurs : car après lui l'histoire de la poésie persane se suit régulièrement. Je veux seulement parler de quelques poètes qui se rattachent au mouvement samanide et qui méritent un souvenir; car, même à cette distance, ils ont quelque chose à nous dire.

Oumara, de Merv, était astronome. Un siècle plus tard, le premier poète du

1. *Le Livre des Rois*, traduit par Jules Mohl, Paris, 1876, 7 vol. in-12.

temps, Omar Kheyyam, sera un algébriste : on ne connaissait pas alors ce prétendu divorce de la poésie et de la science dont nous ont rabattu les oreilles tant de poétereaux et de savantasses. Un peu de science éloigne de la poésie et plus de science y ramène. La vie idéale serait celle qui s'enchanterait de science au début pour savoir ce qui en est, et de poésie à la fin, pour finir sur un rêve plus doux.

Cet astronome est resté immortel en Perse, parmi les amateurs de beaux vers, pour deux lignes que Pétrarque lui eût enviées :

> Je voudrais pouvoir me cacher dans mes vers, afin de baiser ta lèvre au passage, tandis que tu les chantes.

Quelque temps après la mort d'Oumara, le saint cheikh Abou Saïd tenait séance avec ses disciples et l'on disait des vers. Un des assistants récita ces deux vers. « De qui sont-ils? s'écria le cheikh tout ému. — Ils sont d'Oumara. — Levez-vous, s'écria le cheikh, et allons en pèlerinage à sa tombe! » Et suivi de tous ses disciples, il alla prier à la tombe du poète.

Quel était ce cheikh qui aimait tant les beaux vers et qui à sa façon disait déjà de Pétrarque :

J'irais à Rome à pied pour un sonnet de lui.

Ce cheikh est en date le premier des poètes mystiques de la Perse, comme il en est le plus grand. Il va clore, avec son rival Avicenne, cette esquisse de l'âge héroïque de la poésie de Perse.

XI

A l'époque où nous sommes arrivés, une crise se produisait dans la pensée de la Perse musulmane.

Un instant, l'Islam avait semblé prêt à ouvrir les portes à la philosophie et à la libre pensée. La philosophie grecque, chassée d'Alexandrie et d'Athènes par Justinien et le christianisme et réfugiée à la cour des Khosroès, était revenue à la cour des Califes de Bagdad ; il y eut un instant un islamisme libéral. La question s'était posée sur l'origine du Coran : le Coran était-il créé ou incréé? Etait-ce une révélation faite dans le temps, où était-ce le verbe éternel? Le Calife Mamoun décréta que le Coran était créé ; c'était le triomphe de la libre pensée et l'on pendit ceux qui parlaient d'un Coran incréé. Sous les successeurs de Mamoun, il y eut une réaction; le Coran incréé fut le dogme orthodoxe et la potence fut retournée dans l'autre sens; elle y est restée.

Mais l'orthodoxie de Bagdad ne pouvait longtemps satisfaire les instincts de la Perse, soit mythologiques, soit philosophiques. Dans le peuple, l'islamisme se transforma bien vite en recevant dans son sein toute la vieille mythologie populaire qui se concentra autour de la figure héroïque d'Ali. La religion nouvelle qui sortit de là, le chiisme, qui combinait en elle les éléments inférieurs des deux religions mères, l'extravagance mythologique de la Perse ancienne et l'intolérance dogmatique de l'Islam, et qui a tant fait pour la dégradation morale de la Perse, était bonne pour la populace et la plupart de ses prêtres : elle était insuffisante pour les âmes d'élite. Les uns sortirent plus ou moins ouvertement de l'Islam par la science et l'incrédulité : les autres en sortirent par le mysticisme. Deux poètes représentent ces deux mouvements contraires, à l'époque de Firdousi : l'un est le médecin Avicenne, l'autre est le derviche Abou Saïd.

XII

Le nom d'Avicenne a été vénéré en Europe. Dante le rencontra dans l'Enfer parmi les sages qui n'ont pas connu le Christ. Mais la vénération du moyen âge lui a fait une réputation équivoque qu'il ne méritait point. Il fut dans son temps et dans son pays un des plus hardis combattants du bon combat, et notre moyen âge en a fait l'incarnation de la routine et de l'autorité. Ses *Canons* ont tyrannisé la médecine jusqu'au siècle dernier, et ce champion de la libre recherche l'a entravée en Europe, grâce à l'imbécilité de ses disciples d'Occident. Quel est l'apôtre qui jamais ouvrirait les lèvres s'il pouvait voir d'avance la masse de ses prosélytes? Quel initiateur dirait sa pensée, s'il voyait ce qu'elle deviendra dans le cerveau de ses élèves?

Avicenne naquit, vers 983, près de Boukhara. Il étudia sous un médecin célèbre du temps, qui était l'hôte de son père, toute la science d'alors, l'*Isagoge* de Porphyre, Euclide et l'Almageste. A seize ans, il guérissait l'émir dont il devenait le médecin favori. A la chute des Samanides, il alla de cour en cour, chez le roi de Kharizm (le Khiva), chez les princes de Tous, de Djordjan, de Rei, de Hamadan, d'Ispahan, partout accueilli comme un prince, chargé d'honneurs, nommé vizir, chassé par les séditions, menacé de mort par la soldatesque, jeté en prison par ses maîtres, exilé, fugitif et toujours menant de front les affaires, le plaisir et la science : le jour était aux affaires, le plaisir et la science se partageaient la nuit. N'ayant pas de temps pour le sommeil, il prétendit le remplacer par le vin et mourut à cinquante ans, épuisé par le travail et le plaisir. Une tradition le fait mourir dans le cachot où le prince d'Ispahan, son protecteur, l'avait fait jeter après l'avoir mis au carcan. « J'ai vu, dit « un poète, Avicenne, que recherchaient « tous les grands, finir en prison de la « pire des morts. Son livre de *la Guérison* n'a pu le guérir ; son livre du *Salut* « n'a pu le sauver [1]. » Il laissait toute une bibliothèque de science naturelle, de médecine, de métaphysique, d'alchimie même et un renom suspect parmi les orthodoxes : « ses ouvrages sont dangereux « et ont perdu beaucoup de gens. » Homme politique, médecin et viveur, Avicenne était encore poète à ses heures.

La plupart des poésies qui nous restent de lui sont des poésies en l'honneur du vin ; je ne dis pas : des poésies bachiques. L'étranger est d'abord étonné et un peu scandalisé de la place que le vin occupe dans la poésie persane. Rien pourtant qui ressemble moins à nos vaudevires et à nos chansons à boire. Les chansons à boire de l'Europe ne sont que des chansons d'ivrogne ; celles de la Perse sont un

1. Schefer, *Chrestomathie persane*, II.

chant de révolte contre le Coran, contre les bigots, contre l'oppression de la nature et de la raison par la loi religieuse. L'homme qui boit est pour le poète le symbole de l'homme émancipé : pour le mystique, le vin est plus encore, c'est le symbole de l'ivresse divine. Dans les protestations d'Avicenne, le médecin et le libre penseur parlent tour à tour. Voici la part du médecin :

Le vin est l'ennemi de l'ivrogne et l'ami de l'homme sobre.

A petite dose, c'est de l'antidote ; à forte dose, c'est du poison.

Un vin généreux nourrit l'esprit, la chose est sûre; car en vérité sa couleur éclipse la couleur de la rose.

De goût amer, comme le conseil d'un père, mais aussi utile : permis aux gens d'esprit, interdit aux sots.

Le bigot devait froncer le sourcil en lisant ces vers ; mais que devenait-il en lisant la suite ?

Est-ce la faute du vin, si c'est un sot qui le

boit et s'il s'en va à l'aveugle dans la nuit? Nous, c'est vers Dieu qu'il nous guide.

Le décret de la religion le permet au sage, si celui de la raison le défend aux ânes.

Bois sagement d'un vin pur, comme Bou Ali[1]; aussi vrai que Dieu existe, ton être en deviendra Dieu même.

Le blasphème à peine voilé ne pouvait échapper à des yeux d'inquisiteur. Les accusations d'impiété pleuvaient autour de lui sans l'émouvoir :

Avec ces deux ou trois sots, si sots qu'ils s'imaginent qu'ils sont tout l'esprit du monde, fais l'âne :

Car de ces gens-là telle est l'ânerie que quiconque n'est pas un âne, ils l'appellent mécréant.

Ailleurs il repousse avec une indignation insolente, qui est un nouveau blasphème, cette accusation d'impiété : n'a-t-il pas la foi suprême, *celle de la science*, et si lui est un mécréant, où sera donc le vrai croyant?

1. Avicenne.

Une impiété comme la mienne n'est pas chose futile ni facile : de foi plus solide que la mienne il n'y en a pas.

Dans mon siècle il n'y en a qu'un comme moi [1] et c'est un mécréant! Ainsi donc il n'y a pas dans tout ce siècle un Musulman!

Il est fier de cette science qui le met à part dans le monde : du fond de la terre jusqu'à Saturne, il a résolu tous les problèmes de l'Univers ; il a échappé à tous les pièges et à toutes les ruses de la nature; il n'y a qu'un lien qu'il n'ait pu délier, celui de la mort. Pourtant cette science si puissante, elle a aussi en elle son poison, la *conscience*. Le pessimisme de Hartmann l'a visité et il l'exprime avec quelle profondeur de simplicité!

Plût à Dieu que j'ignorasse ce que je suis et pourquoi je suis pris dans le vertige du monde!

Heureux, je vivrais dans le calme et la joie; malheureux, je pourrais pleurer les larmes de mille yeux.

Misérable grandeur de la pensée, des-

1. Lui-même.

séchée par l'analyse et le retour sur elle-même, qui ne sait plus ni jouir, ni souffrir! La raison a élevé l'humanité de la brute à la conscience; si l'humanité tient à vivre, il faut qu'une raison plus haute la ramène à l'inconscient et à la brute. Le *gnôthi séauton* est le premier pas vers le suicide.

Il revient alors vers Dieu, le Dieu bon et clément, l'appui le plus commode, après tout, que la faiblesse de l'homme ait encore inventé :

Dans la bonté de Dieu nous avons un protecteur et il nous affranchit du fruit de nos œuvres, bonnes ou mauvaises.

Là où est ta grâce, ce qui n'a pas été fait est comme s'il était fait et ce qui a été fait n'est plus.

XIII

Non! répond une voix, celle du derviche Abou Saïd :

O toi qui n'as pas fait le bien, qui as fait le mal et t'imagines sauvé après cela.

Ne compte pas sur la bonté de Dieu! car jamais ne se pourra que ce qui n'a pas été, ait été et que ce qui fut n'ait pas été.

Abou Saïd était né dans le Khorasan, une quinzaine d'années avant Avicenne; voici comment il se fit derviche :

Un jour, il entrait dans la ville de Sarakhs; à la porte, sur un tas de cendres, il trouva le cheikh Loqman, surnommé le Fou, qui était occupé à coudre une pièce dans sa tunique de peau. Abou Saïd monta près de lui et le regarda faire : Loqman cousit la pièce sur laquelle tombait l'ombre d'Abou Saïd, debout au soleil; puis, relevant la tête, il lui dit : « Bou Saïd, je viens de te coudre à cette « peau de derviche. » Là-dessus, il le prit par la main, le conduisit au couvent voisin et le remit aux mains du cheikh en lui disant : « Aboul Fadhl, prends soin de ce « jeune homme, il est des tiens. »

Abou Saïd resta dans un coin sept ans durant, les oreilles bouchées, sans dormir, ni nuit ni jour, appelant sans cesse *Allah! Allah!* jusqu'à ce qu'enfin la porte et le mur répondirent : *Allah! Allah!* Il disparut alors dans le désert, où il vécut dans l'amitié des bêtes fauves, se nourrissant de fleurs de tamarin. Sa réputation de sainteté se répandit et devint telle qu'on achetait 20 *dînars* les écorces de concombre tombées de sa main : des hommes se frottaient la tête avec les excréments de son chameau.

Ce saint n'était pas un dévot selon le monde. On le dénonça au cadi comme infidèle, et les femmes, quand il passait dans le village, montaient sur les toits pour lui jeter des ordures. Il se retira à Amol, dans le Tabaristan, auprès du cheikh Aboul Abbas, de qui il *vit* tout ce qu'il connut plus tard. Il mourut le vendredi 4 chaban 440 (1062), âgé de mille mois.

Les poésies qui nous restent de cet ascète sont presque toutes des poésies d'amour.

Il y a loin d'un derviche comme Abou Saïd à un moine de l'an 1000. Le moine chrétien a peur et horreur de la femme : la femme est l'instrument de perdition, l'amour est le piège de Satan. Pour le derviche aussi l'amour est un piège, mais du ciel. On demandait un jour à Abou Saïd : « Qu'est-ce que l'amour? » Il répondit : « L'amour est le « filet de Dieu, l'amour est le piège du « Seigneur. » La philosophie contemporaine a retrouvé une formule analogue, mais cruelle de sens; pour elle, l'amour est le piège de la nature, qui, pour peupler et dépeupler ses mondes, a besoin d'aveugler les cœurs et arrive à ses fins à travers l'illusion et la déception des êtres.

La pensée du derviche est autre et toute de gratitude. C'est dans l'amour humain que l'homme, pour la première fois, s'élève au-dessus de lui-même, entrevoit dans les yeux de l'objet aimé un rayon de la splendeur divine, « étreint l'infini dans ses bras. » — « Séraphin du ciel, trop « doux pour être humain, qui voiles sous « cette forme radieuse de femme tout ce « qu'il y a d'insupportable en toi, de lu- « mière, d'amour et d'immortalité! Douce « bénédiction dans la malédiction éter- « nelle! Gloire voilée de cet univers sans « lampe! Lune par delà les nuages! « Forme vivante parmi les morts! Etoile « par-dessus l'orage! Miroir, en qui, « comme dans la splendeur du soleil, « prennent un aspect de gloire toutes les « formes que tu regardes!... Forme mor- « telle vêtue d'amour, de vie, de lumière, « de divinité, image de quelque brillante « éternité, ombre de quelque rêve d'or, « tendre reflet de l'éternelle lune d'amour, « aux mouvements de qui se meuvent les « lourdes vagues de la vie! »

Seraph of Heaven! too gentle to be human,
Veiling beneath that radiant form of Woman
All that is unsupportable in thee
Of light, and love, and immortality!...
An image of some bright Eternity.
A shadow of some golden dream;... a tender
Reflection on the eternal Moon of Love
Under whose motions life's dull billows move!

(Shelley)

L'*Epipsychidion* est le meilleur commentaire des quatrains [1] d'Abou Saïd.

Notre ascète avait connu aussi, comme Shelley, l'amour purement humain, sans arrière-plan céleste, l'amour d'Albertus :

Comme emparadisés dans les bras l'un de l'autre
Nous ne concevions point d'autre ciel que le nôtre.

1. Un mot sur la forme du quatrain persan. Le quatrain ou *rubâi* se compose de quatre vers dont le premier, le second et le quatrième riment ensemble; le troisième est blanc. Le quatrain est tout un poème qui a son unité de forme et d'idée; manié par un vrai poète, c'est le genre le plus puissant de la poésie persane. La répercussion des rimes, enveloppant et accentuant le silence du vers blanc, produit des harmonies et des contrastes de sons qui donnent un relief étrange aux harmonies et aux contrastes de l'idée.

C'est sans doute avant d'avoir eu l'ombre piquée par l'aiguille de Loqman le Fou qu'il écrivait ce joli quatrain, que Musset eût avoué et pour lequel point n'était grand besoin de mysticisme :

Nous étions ensemble la nuit dernière, moi et mon idole, si douce à son serviteur :

Ce n'était de moi que prières et d'elle que caresses.

La nuit partit et notre histoire n'était point finie.

Ce n'est point la faute de la nuit : nous avions tant à nous dire.

Il est douteux qu'il y ait dans ces vers non plus aucune ombre mystique :

Crainte des rivaux, je ne rôderai plus par ta rue ; crainte du qu'en dira-t-on, je ne courrai plus après toi.

Je ferme la lèvre et reste assis. Mais ce que je ne puis faire, c'est cesser de te désirer.

Mais à mesure que la pensée mystique s'éveille, Dieu envahit l'amante. La terre et le ciel s'effondrent, plus de paradis et plus d'enfer ; il n'y a plus au monde que deux êtres, l'être infini, la bien-aimée, et l'amant qui veut se fondre, s'annihiler en elle, en lui. Mais le double sens, le sens humain et le sens divin, continue à courir à travers ces cris, le sens humain soulevant dans le vide le sens mystique et lui prêtant une réalité étrange :

> Le jour que je serai uni à toi, je mépriserai le sort des anges du paradis.
> Et si l'on m'appelle sans toi dans les plaines du paradis,
> Mon cœur se sentira à l'étroit dans les plaines du paradis.

Est-ce l'indignation de l'amour repoussant une félicité non partagée ?

> C'est assez d'un tombeau, je ne veux pas d'un monde
> Qui se dresse entre nous !

Ou bien est-ce le dédain des joies bourgeoises du ciel dans une âme qui a rêvé plus haut pour le réveil ? Qu'a-t-il à faire du ciel celui qui a rêvé l'amour suprême ?

Gloire aux anges! honneur à Ridhwan [1]!
Aux méchants l'enfer, aux bons le paradis!
Au Jem, au César, au Khaqan [2] le monde d'ici-bas!
A moi ma bien-aimée et à ma bien-aimée mon âme!

N'est-elle pas celle dont la rose prend le rayonnement de beauté qui éclaire tout le bosquet? N'est ce pas elle dont le visage prête sa pureté au miroir du cœur? En toute maison qu'éclaire la lumière de sa joue, le soleil emporte de la fenêtre des atomes de lumière; soleil de Dieu, qui dore les âmes et fait de leur poussière un rayon de l'âme et de la splendeur divine. Tout est en elle, même l'amant qui revient en elle :

Je lui dis : Pourquoi te pares-tu ainsi?
Elle me répondit : Pour moi-même. Car je suis tout à la fois et l'amour et l'amant et l'aimée?
Je suis le miroir, la beauté et l'œil.

Mourra-t-il sans l'avoir entrevue? « Lève

1. Le gardien du paradis.
2. Aux rois de Perse, de Constantinople et des Turcs.

le voile de ta face et montre ta beauté, afin que je n'en emporte pas le regret jusqu'au jour de la résurrection! » Son cœur a feuilleté bien des fois le livre de l'amour, sans jamais trouver de visage, que ce beau visage, qui fût digne d'amour. Malade, il s'en va trouver le médecin, lui confie sa peine cachée, demande le remède :

> Il m'a dit : N'ouvrir la lèvre que pour l'amie.
> Je lui dis : De quoi me nourrir? Il me dit : Du sang de ton cœur.
> Je lui dis : De quoi m'abstenir? Il me dit : Des biens des deux mondes.

Mais est-il fait pour elle? La grâce descendra-t-elle sur lui! Oui, plus que la grâce : *la prédestination de l'amour.* « Les mariages sont écrits au ciel », dit le proverbe juif, et Yamî, l'amante védique, dit à Yama : « Dans le sein maternel, les dieux nous ont faits l'un pour l'autre. » On nous dit, il est vrai, que dans ce monde de tous les jours, tel que Dieu l'a fait un instant qu'il se négligeait, n'importe qui peut aimer n'importe qui et en être aimé ; peut-être au fond sagesse suprême pour assurer la continuité des choses et le pot au feu de l'univers. La poésie n'en est pas encore là et veut croire à l'élection suprême. Mais quand l'amante est la vérité éternelle et que l'amant est l'âme divine dans sa forme mortelle, l'élection est de toute éternité :

Avant que les dieux eussent dressé la voûte du firmament, avant qu'ils eussent bâti le palais céleste de cristal, quand je dormais encore en paix dans la Cité du Néant, leur main avait déjà imprimé ton nom sur le mien.

Alors que n'existaient encore ni ces étoiles, ni le firmament, que ni les eaux, ni l'air, ni le feu, ni la terre n'existaient encore,

Déjà j'avais proclamé le mystère de l'Unité.

Ni ce corps, ni cette voix, ni cette pensée n'existaient encore.

On voudrait savoir sur quelles lèvres mortelles tour à tour le vieux derviche lut le mystère divin ; à quelles roses il aspira le parfum céleste et, comme la statue de Condillac, devint parfum de rose. Le nom de ses Zuleika et de ses Leila prendrait place près des Mary, des Emilia, des Madonna de Shelley ; on entendrait l'éternel dialogue de tous les héros de *la Légende divine,* de Dante et de Béatrice, de Pétrarque et de Laure, de Shelley et d'Antigone, de Faust et d'Hélène :

« — T'ai je rencontrée dans les réalités d'ici-bas, ou es-tu le rêve de l'âme malade ?

— Tu m'as rencontrée dans les réalités d'ici-bas, et je suis le rêve de ton âme malade. »

Ainsi se passa la vie de l'ascète, célébrant, en action ou en rêve, ce qu'un jeune poète anglais, à neuf siècles et mille lieues de là, appelait naguère, en un vers digne de Shelley ou de Keats,

> Le culte de l'âme au temple de la chair,
> *Soul's worship at the temple of the flesh* [1].

Ainsi, dans sa cellule ou au désert, le vieux derviche persan disait :

1. *Tuberoses and Meadowsweets.*

Celui qui a enchaîné son cœur aux belles restera toujours là et ne rompra jamais la chaîne de l'idole.

Dans la forme d'argile il a lu le sens de l'âme et il restera, le pied du cœur pris dans l'argile, jusqu'au jour de la résurrection.

Le moine chrétien croit et pratique. Le derviche croit-il? J'en doute. Comme le prêtre de Némi, il est trop avant dans le Divin pour s'attarder à Dieu. Quant au culte, qu'en ferait-il? Le culte rapproche de Dieu celui qui en est loin, il ne peut qu'en éloigner qui en est proche, qui est en lui. Le derviche est si saint qu'il est dispensé de la piété. Il y avait vers ce temps là, à Tous, un cheikh vénéré, qui fut l'ami et le conseiller de Firdousi et que visita Abou Saïd : le cheikh Machouq ; de sa vie il n'avait jamais prié. Pourtant, « au jour « de la résurrection, les justes diront : « — Plût à Dieu que nous eussions été la « poussière sur laquelle le cheikh Ma- « chouq aura mis le pied ! » Ces saints, si dégagés du joug pesant de la Loi, inspiraient à la foule une vénération mêlée de soupçons. Le vulgaire dans un siècle de foi comprend mal aisément le

Nec pietas ulla est velatum sæpe videri
Vortier ad lapidem...

Quant le cœur est tortu, dit Abou Saïd, à quoi sert un front dans la poussière?

Quand le poison est descendu jusqu'au cœur, à quoi sert l'antidote?

Tu pares de vêtements ton corps : à quoi servent des vêtements blancs sur un cœur impur?

Abou Saïd avait éprouvé à ses dépens que la piété de la foule veut autre chose de ses saints. Peut-être au fond de sa conscience donnait-il raison aux pauvres femmes qui l'insultaient et répétait-il aussi sous leurs affronts : *Sancta simplicitas!* Plus tard, entré vivant dans l'apothéose, il songe, avec le remords d'une hypocrisie, au malentendu qui lui vaut tant d'adorations et au peu de chose de commun qu'il y a entre lui et ses fanatiques :

Ceux qui parlent si bien de moi ne savent pas tout le mal qui est au fond.

S'ils tiraient au dehors ce qu'il y a au dedans, il faudrait qu'ils me brûlent.

Abou Saïd avait écrit des quatrains résumant les attributs de Dieu et que les fidèles récitaient en façon de prière. Ils auraient frémi s'ils avaient vu le sens qu'y mettait l'écrivain. Deux siècles auparavant, on avait supplicié en grande pompe le premier soufi, Hallaj, qui sous les tortures n'avait prononcé qu'un mot : « Je suis Dieu ». Et à présent les grands et les prêtres venaient baiser les pieds du derviche qui disait :

Le sage instruit des mystères de la Science sort de lui-même et fait route avec Dieu.

Nie ta propre existence, affirme celle de Dieu. Voilà le sens de la formule : « Il n'y a de Dieu que Dieu. »

Pourtant, le panthéisme d'Abou Saïd n'a pas la décision et la certitude des poètes qui viendront plus tard ; et c'est pour cela qu'il est si grand poète. La *Science,* comme on appelait alors l'intuition mystique, n'est pas pour lui, comme elle le sera pour ses successeurs, une doctrine arrêtée et fixée, une tradition qu'ils ont reçue de leurs maîtres, une matière à mettre en vers. Cette science, il la crée, il la nourrit de son sang et de ses larmes, avec les angoisses, les doutes, les contradictions de son cœur. Son grand imitateur, Omar Kheyyam, l'algébriste poète, aura la force de la certitude implacable; mais c'est une force qui, en poésie, est presque une faiblesse, car elle est mortelle à l'émotion. La souffrance humaine est l'écueil du panthéisme. Il essaye en vain du stoïcisme et du silence :

> O mon cœur, quand la séparation de la bien-aimée fait éclater les veines de ton âme, ne montre à personne tes haillons tachés de sang.
>
> Gémis sans qu'on entende ta plainte. Consume-toi, sans que la fumée en sorte.

Mais, en dépit de lui, ce n'est pas la fumée, c'est la flamme même qui éclate du volcan. Il est beau de s'écrier :

> Seul le silence est grand, tout le reste est faiblesse.

Mais ce cri même est déjà une plainte et

une faiblesse, et c'est alors que vient l'heure de Dieu, non pas du Dieu universel, morne et aveugle, mais du Dieu vivant, qui dit : *Moi !* qui écoute et qui répond. Vous savez bien que ce Dieu n'est qu'en vous-même ; qu'importe ! priez toujours ? il y aura bien pour recueillir tes prières quelqu'un quelque part, ne fût-ce qu'au fond de ton propre cœur.

Comme Moïse, il est seul, il se sent irrévocablement seul, isolé parmi les hommes par la grandeur du rêve, et à lui aussi le cri lui échappe :

> O Dieu, vous m'avez fait puissant et solitaire !

le grand cri de reproche douloureux et d'orgueil :

> O Dieu, viens à mon secours, car je suis seul.
> Tu m'as fait sans confident, sans ami, sans compagnon ; tu m'as fait vivre avec la peine, la souffrance et le chagrin.
> C'est là le sort de ceux qui approchent ton seuil.
> O Dieu ! pour quelle œuvre m'as-tu donc fait ainsi ?

Pauvre étranger, las de cette vie, qui

n'attend plus le repos que dans la cité du néant, il veille dans le silence de la nuit ; peut-être Dieu viendra :

Toutes les portes sont fermées, les hommes sont endormis. O Seigneur ! ouvre-moi les portes de ta bonté !

Et dans les heures d'impuissance ou de remords, où l'âme, effarée de sa destinée ou de ses fautes, cherche éperdûment autour d'elle une voix qui l'encourage ou l'éclaire, à qui elle puisse dire : « Sois ma force » ou « sois ma conscience », quel bonheur si elle peut projeter au ciel le meilleur d'elle-même et entendre de là revenir sur elle, agrandie et irrésistible, la voix intérieure, la voix de noblesse étouffée, la voix qui disait : Courage ! mais si bas dans la tempête des autres qu'il l'entendait à peine.

O Seigneur ! Je suis confondu de mes fautes honteuses ; je rougis de mes paroles mauvaises et de mes actions mauvaises.

Fais descendre sur mon cœur une effluve du

monde invisible afin d'effacer les imaginations mauvaises de mon cœur!

La plus sûre des effluves descendra, celle de la clémence divine :

Mes fautes sont plus nombreuses que les gouttes de la pluie, et ma tête se penche sous la honte de mes fautes.

Mais une voix descend qui me dit : Rassure-toi, derviche. Tu as agi selon ta nature et j'agirai selon la mienne.

L'Evangile n'a pas une parole de sublimité plus douce.

Pour sentir tout ce qu'il y a de chrétien dans Abou Saïd, il faut reprendre ces vers et voir ce qu'ils deviennent chez son grand disciple, l'algébriste de Nichapour.

Un soir qu'Omar Kheyyam s'entretenait avec ses amis, au clair de lune, sur la terrasse, la coupe en main et dans les chansons, un coup de vent éteignit les lampes et renversa la cruche qui se brisa.

Le poète irrité lança ce quatrain au Dieu qui troublait ses plaisirs :

Tu as brisé ma cruche de vin, Seigneur :
Tu as fermé sur moi la porte du plaisir, Seigneur.
Tu as versé à terre mon vin pur :
(Dieu m'étrangle !) — mais serais-tu ivre par hasard, Seigneur !

A peine le blasphème lancé, le poète, jetant les yeux sur la glace, vit sa face noire comme le charbon : il s'écria :

Quel est l'homme ici-bas qui n'a point péché, dis ? Celui qui n'aurait point péché, comment aurait-il vécu, dis ?
Si parce que je fais le mal, tu me punis par le mal,
Quelle différence y a-t-il entre toi et moi, dis ?

Ainsi Abou Saïd finissait par reprendre pour son compte les espérances qu'il avait condamnées en Avicenne. Ces deux hommes s'étaient connus ; la légende du moins les mit en rapport. Un jour, dit-on, ils se rencontrèrent chez un ami commun et s'entretinrent : au sortir, on leur demanda ce qu'ils pensaient l'un de l'autre. Avicenne dit : « Il *voit* aussi tout ce que je sais. » Abou Saïd dit : « Il *sait* tout ce que je ne vois pas. » La légende avait bien mesuré l'abîme qui sépare les deux classes d'âmes et les deux méthodes. Il est peu douteux que, pour elle, elle mettait le savant bien au-dessus du voyant. La science fera toujours pauvre figure devant l'intuition ; elle est trop pratique, elle nous laisse trop en nous-même, nous parle trop de nous et de notre petit monde, pauvre sujet qui lasse bien vite. « Une « science qui ne t'arrache pas à toi même, « l'ignorance vaut mieux cent fois que « cette science-là ! [1] ». Le derviche sous sa robe de laine en sait plus que le grand médecin avec tout son Aristote : « plus « on sait du monde, moins on sait de « Dieu. » On demandait un jour à Abou Saïd ce que c'est qu'un derviche. Il répondit :

1. Vers de Senâi, poète du XIe siècle.

« Dépose tout ce que tu as dans la tête, donne tout ce que tu as dans la main, ne tressaille de rien de ce qui t'arrive, tu seras un derviche.

— Où faut-il que nous le cherchions, le derviche ?

— Où donc l'as-tu cherché que tu ne l'aies pas trouvé ? »

XIV

« Console-toi : tu ne me chercherais point si tu ne m'avais trouvé [1]. »

Dans le grand dialogue qui, depuis que l'homme est né, va éternellement courant entre la terre et le ciel, quelle brise avait poussé jusqu'à la Caspienne un écho de la parole que Pascal aussi, dans l'horreur de la nuit, entendit le Christ lui murmurer ?

1. *Mystère de Jésus.*

TABLE DES MATIÈRES

FIN.

Le Puy, imprimerie Marchessou fils.

www.ingramcontent.com/pod-product-compliance
Ingram Content Group UK Ltd.
Pitfield, Milton Keynes, MK11 3LW, UK
UKHW022122190726
13855UKWH00003B/1007